わたしはわたし
あなたはあなた

別々のところで
別々の時間に生まれて

同じところで
同じ時間に巡り合った

違う過去が
わたしたちの色

だから惹かれあったんだね

紡唄

香咲さや

文芸社

わたしが言う前に

貴方が先に言って

わたしは待っていたいの

貴方がわたしに伝えて

貴方はもう気づいているのでしょう？

わたしは貴方が好き

あなたがすき

見つめるだけで満足とか

挨拶を交わすだけでいいとか

そんなの
もうとっくに超えてしまった

それだけじゃもう物足りない

そうでしょう?

だって
わたしは貴方の傍にいたいのだから

おもいっきり
いっぱいいっぱいの

そんな願いをかなえよう

諦めないで
忘れないで

いつかと
思い続ければ

実ると感じるでしょう?
叶うと感じるでしょう?

流れ星が
願いを叶えてくれるなら

星に近い場所で
空いっぱいの星に
願いを伝えるよ

いつ流れてもいいように
星にたくさんの祈りをつめこむよ

僕が君と共にいられますように

ちゃんと言って

わたしはカミサマじゃないのだから
あなたのココロの全てを読むことができないよ

だから

ちゃんと言って

言葉にして
声に変えて

お願い
あなたのココロを教えて欲しい

例えばというのなら

哀しいことは考えたくない

楽しい夢を

幸せな想いを

例えばなら

見せて欲しいから

せめて現実から目を離すその時は

少しでも満ち足りた瞬間を

わたしに与えて

後ろも前も
右も左も

もう何処にも行けない

想いは溢れすぎて
心は望みすぎて

もう何処にも行けない

だから教えて

わたしが何処へ行けばいいか

貴方が手を引いて
わたしを連れて行って

いつか夢見た願いが
叶うような

そんな夢を見ていたい

祈りにも似た
愚かで美しい

それは恋物語

わたしは貴方の夢で

いつまでも
まどろんでいられるの

ヒトが

一番いいかげん

何も解かることができないから

ヒトは

一番うそつきね

いつでも知ってるふりしているから

誰かの全てを分かるなんて

誰かの想いを知るなんて

そんなことできるわけないのに

貴方のことを分かるなんて

約束できない

わたしのことを押しつけるなんて

無理だよね

それでも

少しだけ

ほんの少しだけ

貴方に近づきたいから

精一杯がんばれるの

昔話のお姫様は
いつだって苦労して
辛いこともあって

だけど幸せになれる

王子様と幸せに暮らしました

時には一生なんて言われて

わたしもそんな確定未来が欲しい

物語を読むように
ただ描かれた未来図を
なぞるようにたどっていく

つまらない人生だけど
必ず最後に幸せになれるなら
それでもいいかなって思う

腕を伸ばせば届いた
指先に君がいる
笑って話して

心までは届かないでしょうけど
どうか願わくば

わたしがひっそりと
望むことだけは許して

いつかあなたにコエが届きますように

どの瞬間が
１番好き？

わたしの１番は

やっぱり
あなたとお喋りしてるとき

お互いを知ろうとしてる
意識してない努力

好きになりたくて

今よりもっと
あなたを大事にしたいから

ただ冷たく突き放すだけが未来なら

どうぞ今　突き放してしまって構わないのに

期待するだけで
高鳴る鼓動を
どうか教えてしまわないで

知らないほうが幸せ

その言葉の正しさは
誰よりも良く知ってるのでしょう？

千夜の孤独は

いつでも僕を苛むから

君の夢で癒されたい

でも、君がいるだけで
この手に触れることができるだけで

僕は救われるのに

そんなに急ぐことはないけれど

でも時には急がないと間に合わないよ

例えば

電車の時間とか

試験勉強とか

君への想いとか

永遠を知ることはないだろう

僕たちに与えられた時間は限られていて

だけどね
残された時間を

できるだけ君といたいよ

できるだけ君といたいよ

君といるだけで
僕は永遠を夢見られるから

貴方だから許せる
そんな一線が
あるでしょう？

貴方の笑顔がもっと見たいから
わたしはわたしを見せてみる

でもね
ほんとは少し怖いのよ

だって
わたしが見せたわたしを
貴方は嫌うかもしれないでしょう？

だから
ちゃんと言って
嘘はつかないで

わたしは貴方の傍にいたい

君の伸ばした
その指先に
そっと頬を寄せよう

言葉はいらぬ

睦言は
もう言い飽きてしまって

話すことは億劫で

だから触れ合うのだ

瞳を閉じて
全てをこの感覚にゆだね

己の感覚を
信じるのだ

何か伝えたくて
誰かに語りかけたけれど

その口調は

ひどく幼く

あまりにも拙い

独りよがりにしか
聞こえなくて

それでも誰かに伝えたくて
仕方ないのだけれど

この秘めた想い

いつまで隠しとおすのか

暴露してしまいたいこの祈り

たとえ希望はなくとも

その腕に
抱きとめられることはなくとも

この苦しみから解き放たれて
新しい明日が望めるのなら

曝け出したい
この秘密

その腕に抱きとめられなくとも

その瞳に映されることがなくとも

明日がたとえ悲しみに彩られても

その次へ進めるのなら

曝け出してしまおうか
この想い

たとえ涙におぼれてしまおうとも

隠さず全てを
見せてしまおうか

明日はどうなるか分からなくとも

隠さず全てを
見せてしまおうか

いつだって
結果は同じだった

すれ違う想い

勘違いした夢

最後に笑うことができるなんて
本当だろうか?

笑える日なんて
本当に来るの?

私の望みは

この願いが叶うこと

一体いつまで涙を流すの
もうそろそろ明かりは見えないかい？

闇の奥深く
うずくまる僕の背中には
いつのまにか白い羽が生えてはいたけれど

生まれたばかりの羽はまだ濡れていて
開くにはまだ時間がかかる

それに
この身を貶めた楔は
未だその鈍い輝きを失わず
僕のこの身に絡みつく

一体いつまで囚われるの
もうそろそろ光を夢見たいのに

幸せって何？

幸せは何処？

わたしは幸せになりたい

——わたしのすべてをあげる

——だからわたしを『幸せ』にして

青い鳥は何処まで行くの？

青い鳥は何処で休むの？

わたしは幸せになりたい

だから青い鳥の秘密を知りたいの

夢をみたい

終わらない夢

幸せをみるために

幸せになるために

あなたが好き

そんなこと
ほんとにほんとにあるんだ

あなたが好き

ほら胸の中
ぽわんとあったかよ

言葉にして
はじめてココロに響く

そんなこと
ほんとにほんとにあるんだよ

恋がしたいの
優しい想い
誰かのために
抱きしめて

愛していたいの
切ない心
誰かのために
生きていたい

あなたが好き

そう言うわたしを抱きしめて

世界で誰にも負けないくらい
どうかわたしを幸せにして

ほんとに
わたしは幸せなんです

こうして会えることも

こうして話せることも

こうして生きてることも

ほんとに
わたしは幸せなんです

あなたに出会ったことが

みんなに出会ったことが

わたしがここに在ることが

ほんとにほんとに
わたしは幸せなんです

わたしはどれだけ愛されてるのだろう

あなたはどれだけ愛してくれてる？

不安な毎日

揺れる心

わたしの中の何かは

今にも壊れそうで

それでも何かを求めてるのは分かる

それはまだ分からないけれど

わたしは幸せになりたい

ねぇ、わたしはどれだけ愛しているの？

いつもは近く感じるぬくもりが
このときばかりは遠くて

苦しくて哀しくて

その手で触れて
その声で慰めて

それだけで安心できるのに

いつもは近いその存在
たった一本の電話線でつながる
その現実がたまに苦しい

違うと紡いだ唇で

あの人と同じ嘘をつかないで

闇の中で
何も無いところで

わたしを一人にしないで

笑って
悲しくならないように

泣いて
忘れてしまわないように

心の全てが
私の「モノ」であることを
誇りに思えるように

眩しすぎる光
貴方のように

溢れすぎる香り
切ないから

震えすぎる声音
失いたくない

揺れすぎる吐息
傍に感じて

緩すぎる戒め
離れたくないのに

意味に埋もれて
意味を忘れ
そうしてまた
意味を得る

歩いて
振り返ることがないように

見て
思い出すことがないように

生きて
心が涙でいっぱいになるように

生きて
幸せであるように

見つけ出して
空の果て無き彼方から

さらいだして
風が生まれる場所へ

そばにいて
貴方を感じていられるように
抱きしめて
貴方を忘れないように

青く蒼く澄んだ心
涙の溶けた水のような
赤く紅く揺れる願い
血色に濡れる炎のような

ひとりでは叶わぬ望み
ただ我儘なだけなのか
ひとつでは足りない夢
ただ追いかけるだけなのか

歌いつづける祈りの歌
想いばかりは
純粋であどけなく
壊れやすく儚い

どこまでもひろがる空間
ひとりでは寂しすぎるから

もう
何も考えたくない

今の
この幸せを

ずっとかみ締めていたい

辛いことはもういらないの

悲しいことはもう思い出したくないの

何も知らずに

何も分からないまま

この幸せを守りたいの

小さな子供のように

誰かにあやされて
誰かに抱きしめられて

それだけで幸せなの

例えば

僕らが出会ったことが

「運命」でも「必然」でもなく

ただの「偶然」でしかなくても

僕らが「運命」と名づけた瞬間

僕らの出会いは「運命」の出会いに変わった

例えば

僕らのこの想いが

「恋」でも「愛」でもなく

ただの「好意」でしかなくても

僕らが「愛」と名づけた瞬間

僕らの想いは「愛」に変わった

例えば

この世界に何も生まれなければ

例えば

この世界に何も始まらなければ

僕らは何処に在って

僕らは何処で想いを

囁きあっていただろう

抱きしめあっていただろう

さよならの一言だけは言いたくない
また明日ねってそう言っても

だってほんとに明日会える保証はないし
別れてすぐにまた会いたくなるかもしれないし

さよならは言わないで
ずっと一緒にいたい

また明日じゃ嫌なの

ずっと続いていたいの
離れるなんていわないで

郵便はがき

恐縮ですが
切手を貼っ
てお出しく
ださい

160-0022

東京都新宿区
新宿1−10−1
(株) 文芸社
ご愛読者カード係行

書　名			
お買上 書店名	都道 府県　　市区 郡　　書店		
ふりがな お名前		大正 昭和 平成　年生　歳	
ふりがな ご住所	□□□-□□□□	性別 男・女	
お電話 番　号	(書籍ご注文の際に必要です)	ご職業	

お買い求めの動機
1. 書店店頭で見て　2. 小社の目録を見て　3. 人にすすめられて
4. 新聞広告、雑誌記事、書評を見て(新聞、雑誌名　　　)

上の質問に 1.と答えられた方の直接的な動機
1. タイトル　2. 著者　3. 目次　4. カバーデザイン　5. 帯　6. その他(　　　)

ご購読新聞　　新聞	ご購読雑誌

文芸社の本をお買い求めいただき誠にありがとうございます。
この愛読者カードは今後の小社出版の企画およびイベント等の資料として役立たせていただきます。

本書についてのご意見、ご感想をお聞かせください。 ① 内容について   ② カバー、タイトルについて
今後、とりあげてほしいテーマを掲げてください。
最近読んでおもしろかった本と、その理由をお聞かせください。
ご自分の研究成果やお考えを出版してみたいというお気持ちはありますか。 ある　　ない　　内容・テーマ（　　　　　　）
「ある」場合、小社から出版のご案内を希望されますか。 する　　しない

ご協力ありがとうございました。

〈ブックサービスのご案内〉
小社書籍の直接販売を料金着払いの宅急便サービスにて承っております。ご購入希望がございましたら下の欄に書名と冊数をお書きの上ご返送ください。（送料１回210円）

ご注文書名	冊数	ご注文書名	冊数
	冊		冊
	冊		冊

ココロはとてもあやふやで

どこかにつながりを求めて
いつもふるえているの

ひたすら貴方を想う愚かしさ

時がたつほどに

ココロは何処にもいけず

見えない未来に
ふるえて泣いている

何もかもが僕を巻き込んで流れていく

逆らえない
僕の意思とは裏腹の出来事
僕には理解できない人の機微

ほんとに？

貴方のこと知ろうとしてた？
望みをかなえたいと強く願った？

ただ逃げてるだけじゃないの？

僕はどうすればいいの？

我儘に生きていいの？

貴方はそれを許してくれる？
僕の中に在るのは綺麗なものばかりじゃなくて

どろどろした感情を
こんなにも溢れさせて

それでも

やっぱりスキだから
忘れられたくはないから

もうすこし綺麗に見えるように頑張ってみる

そんな努力をさせないで

もうすこしそばにいたかったの
離れても忘れることはないけれど

だけど

もう少しそばにいたかったの

だって
貴方のことが好き

両手を広げて
羽のように
忘れた飛び方を思い出すように

空に向かって
伸び上がる
最後に地をける瞬間を

忘れてしまった
思い出せない

空への想いはあまるほど

風への期待はいつまでも

舞い上がれ
僕の想い

空は広くて
どこにも柵はなく

誰にも咎められる事はないだろう？

誰にも邪魔されずにすむだろう？

舞い上がれ
僕の想い

舞い上がれ
僕の願い

どうか
優しすぎないで
貴方を知ることが出来ないから

どうか
微笑みすぎないで
貴方を信じられなくなるから

ほんの少しの優しさと
ほんの少しの笑顔を
それだけで幸せになれるから

優しすぎないで
微笑みすぎないで
愛しすぎないで
分からなくなるから
失いそうになるから

寂しいわ
世界でわたしは
たった独りだから

誰とも
同じ肉体と
同じ精神を
分かち合えないのだから

せめて
この手をとって
傍にいて

寂しいと
思わせないで
わたしは独りが怖い

もう少し
あと少し

そう言うだけでがんばれる

ほんとのゴールがずっと先でも
小さなゴールは常に目の前だから

もうちょっと
がんばってみようよ

きっと
願いはかなうから

泣かない人はいないし
笑わない人はいないし

怒らない人はいないし
許さない人はいないし

人間だもの
人間だもの
わたしたちは想うの
ヒトの心を
想うから生きているの

だから貴方を想っているの

もしも

そんな言葉でだまさないで

起こることのなかった夢物語を

お願い
聞かせないで

現実を
見つめて目をそらさないで

今　幸せになりたい

どんなに涙を流しても
どうか忘れないで

時は流れるから
だから少し時間を漂ってみて

今は見えない
そんな明日が

いつか見えるはずだから

君がくれた言葉
ずっと憶えてる

君にあげた言葉
まだ忘れてない？

ココロが乾く
君を求めて

そのたびに癒される
君の言葉

僕たちの道は分かたれた

僕たちの未来は別々で

だけど
君の言葉が
僕に『次』をくれたから

僕は行けるよ
僕は行ける

手を取り合って歩く道は
娘に夢と希望を与えるの

世界はばら色

そんな言葉の似合う世界

娘の夢は至って普通に

「素敵なお嫁さんになること」

娘の夢は
王子様に手を引かれて
螺旋の階段の上で

約束の口づけを
約束の言葉を

たったそれだけなのに
なんて難しい
夢なのだろうね

わたしを追い詰める夢を
どうか見せないで

いまはこの幸せに浸って

前にも後ろにも行かないで

そんな留まった時間の中で

貴方と戯れていたいだけなのに

現の夢はあまりにも早く流れていって
この手に掴むこともできないのだから

瞳を閉じて
耳をすまして
何が見えるの
何が聴こえるの

私だけを
見ていて欲しい
私だけを
聴いて欲しい

探し出して
私の心
見つけさせて
貴方の心

私のための唄を歌って
貴方だけを想うから

触れる指先
感じる身体
私だけを知っていて
貴方だけを知りたい

抱きしめられたい
もっと強く
離れたくない
いつまでも

「もし」
そんな風に言うけれど
あるはずのない未来を
どうして期待できるだろう

「もし」
そんな風に望むけど
先の見えない明日を
どうして希望できるだろう

明日は分からない
未来は見えない
解るのは昨日のこと
見えるのは過去ばかり

悔いにまみれた昨日
夢にあふれた明日
幸せは見つかるの?

明日は昨日のように
ただ通り過ぎるだけなのかしら？
今日は明日のために
もう消えてなくなるだけなのかしら？

「もし」
今日この時に
見えない明日のために
唱える言葉

いつだって始まりはひどく切なくて
神様に何度もお願いをした

どうかお願い
わたしを幸せにして

いつだって手に入れれば愛しくて
あなたに何度もささやいた

どうかお願い
ずっと側にいて

いつだって別れはひどく苦しくて
枕を何度も抱きしめた

どうかお願い
あなたを忘れさせて

だけど
ほんとは知ってる
忘れてはいけない

だってシアワセだった
願いを叶えた

それは真実
あの時はあったのだから

わたしの中はどうなってるのだろう
赤い皿と
赤い肉と
白い骨

ほんとにそれだけ？

それならこの透明な雫はどこから来て
一体何のために流れ続けるのだろう

桜の花が咲いて
その美しく飾る花弁を風に流し

地に落ちた瞬間にその美しさを
引き立てるように

わたしの肉体を飾るものは
いつその美しさを見せるのだろう

わたしを飾るものが何かも見えないのに
ただひたすら愚かしく願う

どうかわたしも愛される身でありますよう
誰かに選ばれる身でありますよう

あまりにも愚かしく
あまりにも醜い

それでいて美しく純粋な夢を

月の明かりの下で
星を数えて
桜の花びらを風に捧げて
わたしは神に願うのだ

明日が同じなら

今日はもういらない

明日が違うなら

今日は大切に

嗚呼
なんと矛盾した世界

刺激は生の確認作業
いつも同じは死と同じ

生きることには変わりないのに
どうして
こんなに違いを求めるのか

変わらないものを求めているのに

嗚呼
なんと矛盾したわたし

生きていきたい
色彩に満ちて

白黒の世界に
光を与えたい

ただ見え方が違うということにも気づかないで

嗚呼
なんて矛盾
なんて矛盾

洗い流して
心の醜さ
一人で震える
夜の部屋
苦しさから逃れたくて

雨が降る
霧のかかった低い雲
ぼんやりにじんで
どこまで続いているか
分からない

雨の後は晴れると
雲は風が運び去ると
分かっているけど
いつか分からない不安に
呑みこまれてゆく

洗い流して
私の全て
小さくうずくまる
雨の下
涙を紛らわすために
心が綺麗になるために

もし誰かのために在ることができるなら
そのためにわたしはこの身を留めよう

もし誰かの妨げになることが無いのなら
それならばわたしは静かに眺めていよう

もしわたしのために誰かが苦しむなら
その人の中からわたしを消し去ろう

それがわたしの我儘
誰でもないわたしの決断

ね、お願い

僕はもう
ここにはいたくないんだ

ね、お願い

僕をここから
救い出して

一緒に
歩いていこうよ

僕はもう
一人でいたくないんだ

僕は君がいなくとも

ちゃんと笑っていられるし
ちゃんと前を向いていられるし

ようやく手に入れた
平穏の日々

でも
掻き乱すのは

やっぱり
君なのかもしれない

…ほんとは僕が弱いだけなのだけど

今はまだ
その時じゃない

もう少し待とうか
あと少し

それだけで
光はきっと大きくなるから

もう少しだけ
ほんの少しだけ

我慢できる
その先に光があるのなら

遥か彼方から
旅人はやってきた

始まりは
もうずっと前で
忘れてしまった

あの頃のこと
唯一覚えているのは

ただ純粋に

何か暖かいものを
求めてた

ただ純粋に

終わりは
まだ見えないずっと先

そんな風に決めないで

わたしの価値は
わたしが決める

そんなに見くびらないで

わたしの可能性
有限じゃない

わたしの限りはこの命

けれどわたしの夢はどこまでもながれる

わたしは物じゃない
わたしは者だから

ヒトだから

だからどこまでもながれる

ヒトはいつも希望を抱えている
数多の望みの
全て叶うことが幸せなのか
ひとつ叶うことが幸せなのか

ヒトはいつも永遠を夢見ている
長く続く時の中で
永遠を知ることが幸せなのか
一瞬を夢見ることが幸せなのか

ヒトはいつも幸福を求めている
命が燃える間の
愛を感じる時が幸せなのか
死を感じた時が幸せなのか

ヒトはいつも未来を見たがる
何時か分からない終わりの不安を
感じているのに
幸せになれるのか
感じているから
幸せになるのか

流行に敏感で

洗練された都会の空気

なじまない世界
ぴんと張り詰める

僕は主張する

全てに染まった身体をひろげて

僕だけの色だと

僕は主張する

すでに在りし色の名前を
僕が付けたかのように

見せびらかして

雨が降る

空気は重く

風は冷たい

明日は晴れると信じるから
今、頑張れるのだけど

そんな保証はなくて

明日はやっぱり不安だらけで

だけど信じてる

明日はきっと晴れる

毎日毎日

同じことを繰り返して

ああ、つまんない

それでいて

変化の無い生活を変えられない

変えた後が怖いから？

それとも

変えることすら退屈なの？

変化は希望

でも
いつも望みどおりにいかない未来

だから　今　を大事にしてる

ああ、つまんない

でも、幸せなんだよね

よかった　憶えてる
昨日のこと
その前の日のことも

眠る前にはいつもふるえる
明日がちゃんとわたしの前にやってくるか
その未来が約束されなくて

起きた後に
切なくて　安心するの

よかった
また今日が過ごせるわ

前へ進める力を
後ろを見つめる勇気を

そんなもの
もういらない　もういらない

何もしないでいても
時間は流れるし
やるべきことはやってくるし

結構適当にやればいい感じ

そんな自分がちょっと切ない
分かってるんだよね
ほんとは自分で流れを作るべきことを、さ

いつの日も星降る夜は
夢を多くのせて
太陽の光に託すのだ

眩しくて

優しくて

穏やかな

今日という日は

なんともまあ

光に満ちてるのだろう

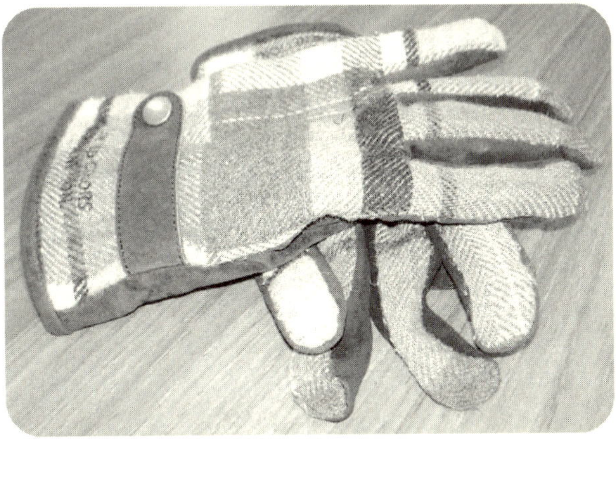

たまには語りかけて
貴方をいつも護っている

貴方は気づいてる？

もう一人のわたし

ワタシをいつも支えてくれてる

もう一人のわたし

そっと語りかけて
そっと聞いてみて

心に声が

心に温もりが

感じられるはずだから

僕の生きる理由は
僕のためにある

君と出会うことが運命なら
僕は君にできることを全部してあげる

それすらも運命に組み込まれたものかもしれないけれど

僕の生きる理由は

やっぱり

僕が幸せになるためにあるのだと思うから

君にしてあげたいって思うこと

全部できたら
幸せかな

それで君を抱きしめていられるなら

あなたはもう幸せですか

わたしの分も幸せに

そんな捨て身な愛を

誰も望んでないけれど

そう思わないと

心が壊れて

想いが傷んで

ただ祈るしかない

どうか幸せになって

あなたが幸せになって

どうか、どうか

わたしの幸せの鍵は
あなたの幸せだから

君の幸せ願ってる
だって
君のことが大切だから

君も僕のこと
ほんの少しでいいから
心の中へ入れて

そっと片隅で
いつまでも憶えていて

そして願わくば

君が僕の幸せを
願ってくれてますように

ねぇ
パパとママがいたから
今ここにわたしはいるんだね

ねぇ
わたしはここにいられて
良かったなぁって思うよ

ねぇ
パパのことほんとに好きよ

ねぇ
ママのことほんとに好きよ

ねぇ
わたしはわたしを助けてくれる
みんなのことが好きよ

みんな
みんな

大好きよ　大好き

よかった
わたしはわたし
あなたはあなた

だから好き
だから好き

貴方はきっと
わたしのことを見ることはないのでしょう

友達の輪は
わたしの外側にあって

貴方はもう
私のことを入れることはないのでしょう

それでも愚かしく願うことを許して

たった一言でいいから
貴方から声を

どうか
せめて友達の振りをして

過去を無かったことにしたくはないの

見上げた空はまだ灰色
重くて暗い
街路樹はまだ裸
ぽつんと寂しい

それなのに
風は暖かく
雨はしっとりと
もう春だよと
こっそり教えてくれる

人はまだ寒さを感じ
身体をふるわし
人はまだ孤独を感じ
身体を抱きしめる

だからこそ
カレンダーをめくり
月日を数え
もう春だなぁと
思う日を待っている

もう春だねって言いたいんだね

もういっか。

そんな風に肩の荷をおろすことも
たまには大事かな。

つまらないプライド張らない生き方

もっとちゃんと知ってれば

楽に生きれたかもしれない。

でもまあ

今の生活

まんざらでもないんだけどね。

みんながいて良かった

だって
みんなに会えなきゃ
こうはならなかった

ああ
良かった　ほんとにそう思うよ

だって
僕の世界は狭いけれど

みんなのおかげでどれだけ彩られただろう？

夢とか希望とか
今更そんなものないし
追いかけるなんて馬鹿らしいし

そんなこといいながら
でも結局
僕のやってることは僕の選んだことで

結構夢って
身近にあるんだなあって

最近ようやく気づいてみた

僕は手を広げて

空を抱きしめた

どこまでも低く
いつまでも暗い

それでもその向こうに
青い空があるのを知ってるから

生きるってなんだろう
苦しみと悲しみと
いつだって欲深いわたしは
喜びをわずかにしか感じないのに

死ぬってなんだろう
幸せと喜びと
いつだって楽したいわたしは
解放感を望んで憧れるのに

生きる
生きる
それは不文律
死を望んでも
今は生きたい
いつか分からないけど
幸せになれるかもしれない

生きろ
生きろ
それは必然性
死はいつか来るから
今は生きていく
すぐ明日にある楽しみに
胸が高鳴っているのだから

わたしが必要とされているのは外側だけなの
誰も内側を欲することはない

心は邪魔なの？
わたしは嫌われたくない

だからロボットになろう
いつでも微笑んでいる
そんなロボットになろう

神様、誰からも好かれるように
神様、誰からも見捨てられることがないように

神様、笑っていられる強さをわたしに…

しっとりと濡れたこの世界で

わたしはそっと手のひらに乗せるのだ

命の欠片
世界の鼓動

感じるでしょう?
流れ出した世界は
いつだって優しく生を包むのだから

生まれたばかりのわたし達
しっとり濡れて
そして啼くのだ

嗚呼
生きている　生きている

よかった
ほんとによかった

…ね?

あとがき

たくさんの言葉がこの世界にはあるけれど。
言葉がココロをカタチにするのはどこでも同じだと思う。

ここにちりばめた言葉たちが
貴方の中で唄になりますように。
生きることはそれだけで価値があることを。
愛情が全ての人の、全ての価値に光を灯すことを。
どうか、感じてください。

悲しいことや辛いことが糧になること。
楽しいことや嬉しいことは自分で見つけること。
どんな時もほんとは周りにぬくもりがあること。
自分にできることが意外に多いこと。

まだ生きてきた時間は短いけれど。
でも、そんな風に感じられるから
毎日を過ごしてきて良かったって思える。

そんなわたしのココロの唄が
誰かのために在ることができますように。

そして。

わたしが唄をうたうことを助けてくれた全ての人に。

いっぱいいっぱいの感謝を捧げます。

ほんとにほんとにありがとう。

著者プロフィール

香咲 さや（こうさき さや）

香川県高松市出身。1982年生まれ。
高校生のころから少しずつ「ことば」を書き溜めていく。
高校3年生の時にHP開設。幾度か変遷を経て現在の形に落ちつく。
現在大学に通いながら活動中。

IMAGINES : http://takamatsu.cool.ne.jp/imagine_s/

紡　唄

2004年 3 月15日　初版第 1 刷発行

著　者　香咲 さや
発行者　瓜谷 綱延
発行所　株式会社文芸社
〒160-0022 東京都新宿区新宿1－10－1
電話 03-5369-3060（編集）
03-5369-2299（販売）

印刷所　株式会社平河工業社

ISBN4-8355-7160-6 C0092